愛美麗注音

LOVEmily Pronunciation

Zhùyīn/ Pinyin with daily vocabulary
(English / Japanese versions 中英日譯）

CONTENTS 目次

學習注音重要嗎？

學習注音可以使你的中文表達更清晰，並且幫助你在每個發音上更正確。另外，台灣使用注音中國使用拼音，因此在中文發音和聲調上有一點不同，但並不影響溝通。

例如：炸雞

zhà jī（炸 在台灣使用 4 聲）

zhá jī（炸 在中國使用 2 聲）

Is it important to learn Zhùyīn
when I study Mandarin Chinese?

Zhùyīn makes you sound clear with correct Chinese pronunciation of each Chinese character. Zhùyīn is a pronunciation system used in Taiwan. Mandarin Chinese in Taiwan uses different tones and pronunciation in some cases from Mainland China.

For example: Fried Chicken

zhà jī (zhà 4th tone in Taiwan)

zhá jī (zhá 2nd tone in China)

注音を学ぶことは重要ですか？

注音を学ぶことで、あなたの表現がより明確になり、すべての華語の発音において正確になるのに役立ちます。台湾で注音を使用しますが、中国でピンインを使用しますので、台湾の国語は声調と発音において、中国の普通話とちょっと違いがありますが、コミュニケーションにあまり影響がありません。

例：炸雞

zhà jī（炸 台湾で 4 声）

zhá jī（炸 中国で 2 声）

學習注音難嗎？

注音自學比較難，最好要有一位台灣老師跟著學習比較快，而且發音也會比較準。根據外籍成人學習者的經驗，大概 3 個小時左右可以跟老師學好。如果想要練習注音，建議可以使用手機上或買電腦上的注音鍵盤（矽膠模或貼紙），平常打字的時候可以練喔！

Is it hard to learn Zhùyīn?

It is hard to learn phonetics by yourself, it is better to have a Taiwanese teacher to learn along with you in accurate pronunciation. According to the foreign adults learning experience whom can learn from the teacher with approximate 3 hours, and after if you like to practice Zhuyin, you could use the phonetic keyboard on the mobile phone or on a computer keyboard. (buy a Zhuyin keyboard with a silicone mold or Zhuyin sticker); its easy to practice is when you are typing!

注音を学ぶのは難しいですか？

注音を自学することは難しいです。台湾の先生に従って学ぶと、より迅速に学ぶことができ、発音もより正確になります。外国人の成人学習者の経験に基づくと、約 3 時間で先生について学ぶことができます。注音の練習をしたい場合は、スマートフォンやコンピューターの注音キーボード（シリコンモデルまたはステッカー）を使用することをお薦めします。通常のタイピングする時も練習することができますよ。

注音符號的由來
Introduction of Zhùyīn fúhào
(Mandarin Phonetic Symbols)

　　「注音符號」是用來輔助國語（中文）發音所使用的記號，一開始叫做「注音字母」，是明末清初的時候章太炎（章炳麟）發明的，後來經過好幾次的改變，在 1930 年正式定名為「注音符號」。現在的「注音符號」一共有 37 個字母（聲母 21 個、介音 3 個及韻母 13 個），台灣以「注音符號」為國語（中文）主要拼讀記號，也是小學國語教育的必修內容，而中國大陸於 1958 年時已廢止「注音符號」改採用拼音模式。

　　Zhuyin fuhao is the symbols of transliteration system for Mandarin pronunciation. At first, it was called Zhuyin Zimu and was created by Zhang Binglin in late Ming and early Qing Dynasty. After several revisions, it is officially named as Zhuyin fuhao in 1930. Now, Zhuyin fuhao consists of 37 characters (including 21 consonants, 3 medials and 13 vowels) and four tone marks. In Taiwan Zhuyin fuhao is used as an official transliteration system, and also remains the predominant phonetic system in teaching reading and writing in elementary school. But it was replaced by Hanyu Pinyin in 1958 by the Government of mainland China.

　　「注音符号」とは、中国語の発音記号の一つです。最初は、「注音字母」と命名され、明末清初の章炳麟が作った表音文字です。その後、何回の変革がありましたが、1930 年に正式「注音符号」と定められました。現在の注音符号は声母（音節頭子音）21 字、介音 3 字と韻 16 字の 37 文字からなるものです。台湾で表音文字として主に用いられ、小学校の国語教育の必修内容となっています。中国大陸は 1958 年に注音符号を廃止し、拼音（ピンイン）を採用しました。

注音符號 Zhùyīn/Pinyin Chart
(Mandarin Phonetic Symbols)

注音 (21) 聲母 Initials (consonants)	漢語拼音 Pinyin Initials	漢語拼音 Pinyin (Use with finals) （母音と使う）	注音 (13) 韻母 Finals (vowels)	漢語拼音 Pinyin Finals	漢語拼音 Pinyin (Use with Initial) （子音と使う）
ㄅ		b	ㄚ		a
ㄆ		p	ㄛ		o
ㄇ		m	ㄜ		e
ㄈ		f	ㄝ		ê
ㄉ		d	ㄞ		ai
ㄊ		t	ㄟ		ei
ㄋ		n	ㄠ		ao
ㄌ		l	ㄡ		ou
ㄍ		g	ㄢ		an
ㄎ		k	ㄣ		en
ㄏ		h	ㄤ		ang
ㄐ		j	ㄥ		eng
ㄑ		q	ㄦ		er
ㄒ		x	介音 (3) Head Vowels		
ㄓ	zhi	zh			
ㄔ	chi	ch	ㄧ	yi	i
ㄕ	shi	sh	ㄨ	wu	u
ㄖ	ri	r	ㄩ	yu	u
ㄗ	zi	z			
ㄘ	ci	c			
ㄙ	si	s			

There are four tones as well as a neutral tone in Chinese pronunciation. Different tones will represent different Chinese meanings on each character.

中国語の発音には、四個の音声と一個の清音があります。音の高低、抑揚が違う意味を表します。

Tones 音声	Pitch 声調	Pinyin Symbol ピンイン 記号	Pinyin 拼 pīn 音 yīn ピンイン	Zhù yīn Symbol アルファベルト 記号	Bopomofo 注 zhù 音 yīn アルファベルト
1ˢᵗ tone 第一声	flat 平	——	香 xiāng 蕉 jiāo banana バナナ		ㄒㄤ ㄐㄠ
2ⁿᵈ tone 第二声	rise up 揚げる	／	檸 níng 檬 méng lemon レモン	／	ㄋㄧㄥˊ ㄇㄥˊ
3ʳᵈ tone 第三声	drop then rise up 下げて また揚げる	∨	水 shuǐ 果 guǒ fruit 果物	∨	ㄕㄨㄟˇ ㄍㄨㄛˇ
4ᵗʰ tone 第四声	drop down 下げる	＼	教 jiào 室 shì classroom 教室	＼	ㄐㄠˋ ㄕˋ
Neutral tone 清音	slight pitch 軽い声調		你 nǐ 的 de yours あなたの	•	ㄋㄧˇ ㄉㄜ˙

ㄅㄆㄇㄈ

Zhùyīn Initials 聲母
（Consonants 21個）

ㄅ
b

背 bēi	包 bāo	backpack	リュックサック
包 bāo	包 bāo	bag	かばん
包 bāo	子 zi	steamed stuffed bun	肉まん

ㄆ
p

漂 piào	亮 liàng	pretty	きれい
蘋 píng	果 guǒ	apple	りんご
朋 péng	友 yǒu	friend	友達

	毛 máo	巾 jīn	towel	タオル
ㄇ m	名 míng	字 zi	name	名前
	麵 miàn	包 bāo	bread	パン

	飛 fēi	機 jī	airplane	飛行機
ㄈ f	風 fēng	景 jǐng	landscape	風景
	分 fēn	享 xiǎng	share	シェアする

ㄉ d	電 diàn	腦 nǎo	computer	コンピューター
	電 diàn	視 shì	TV	テレビ
	電 diàn	影 yǐng	movie	映画

ㄊ t	地 dì	圖 tú	map	地図
	甜 tián	點 diǎn	dessert	デザート
	糖 táng	果 guǒ	candy	あめ

ㄋ
n

牛 niú	奶 nǎi	milk	ミルク
男 nán	生 shēng	boy	男の子
年 nián	輕 qīng	young	若い

MILK

ㄌ
l

快 kuài	樂 lè	happy	楽しい
了 liǎo	解 jiě	understand	了解
聊 liáo	天 tiān	chatting	おしゃべり

14

《 g				
唱 chàng	歌 gē	singing	歌を歌う
哥 gē	哥 gē	older brother	お兄さん
個 gè	性 xìng	personality	性格

ㄎ k				
課 kè	本 běn	textbook	テキスト
客 kè	人 rén	guest	お客さん
可 kě	樂 lè	cola	コーラ

ㄏ h	喝 hē	水 shuǐ	drinking water	お水を飲む
	合 hé	作 zuò	cooperation	連携する
	和 hé	平 píng	peace	平和

ㄐ j	手 shǒu	機 jī	cellphone	携帯電話
	雞 Jī	肉 ròu	chicken	鶏肉
	肌 Jī	肉 ròu	muscle	筋肉

ㄑ
q

汽 qì	水 shuǐ	soda	炭酸
騎 qí	車 chē	riding	自転車、スクーターなどに乗る
奇 qí	怪 guài	strange	おかしい

ㄒ
x

西 xi	瓜 guā	watermelon	スイカ
希 xī	望 wàng	hope	希望
洗 xǐ	手 shǒu	wash hands	手を洗う

ㄓ
Zh/zhi

珍 zhēn	珠 zhū	pearl	パール
真 zhēn	心 xīn	sincere	真心
打 dǎ	針 zhēn	injection	注射

ㄔ
Ch/chi

牙 yá	齒 chǐ	tooth	歯
吃 chī	飯 fàn	having a meal	ご飯を食べる
遲 chí	到 dào	being late	遅れる

ㄕ Sh/shi	老 lǎo	師 shī	teacher	教師
	時 shí	間 jiān	time	時間
	世 shì	界 jiè	world	世界

ㄖ r/ri	日 rì	本 běn	Japan	日本
	日 rì	記 jì	dairy	日記
	認 rèn	真 zhēn	take it seriously	まじめ

ㄗ
Z/zi

鞋	子	shoes	靴
xié	zi		
孩	子	kid	子供
hái	zi		
自	己	self	自分
zì	jǐ		

ㄘ
C/ci

餐	廳	restaurant	レストラン
cān	tīng		
參	加	participate	参加
cān	jiā		

ㄙ
S/si

公 gōng	司 sī	company	会社
司 sī	機 jī	driver	運転手
顔 yán	色 sè	color	色

EXERCISE 練習：請 ◯ 出正確的答案

Please CIRCLE the correct answer

朋　友

pén　yǒu　　péng　yǒu

飛　機

hēi　jī　　　fēi　jī

牛　奶

niú　nǎi　　　liú　nǎi

課　本

kè　běn　　　gè　běn

喝　水

kē　shuǐ　　　hē　huǐ

珍　珠

zhēn　zhū　　zēn　zhū

老　師

lǎo　sī　　　lǎo　shī

日　本

lì　běn　　　rì　běn

NOTES

Happy Learning 開心學習 Kāixīn Xuéxí

ㄚ ㄛ ㄜ ㄝ

Zhùyīn Finals 韻母
(Vowels 13 個／ Head Vowels 介音 3 個)

ㄚ a				
	襪 wà	子 zi	sock	靴下
	花 huā	生 shēng	peanut	ピーナッツ

ㄛ o				
	水 shuǐ	果 guǒ	fruit	果物
	偶 ǒu	像 xiàng	idol	アイドル
	歐 ōu	洲 zhōu	Europe	ヨーロッパ

ㄜ e

鱷 è	魚 yú	crocodile	鰐
額 é	滿 mǎn	fully booked	定員に達する
噁 ě	心 xīn	disgusting	キモい

ㄝ y

葉 yè	子 zi	leaf	葉っぱ
椰 yē	子 zi	coconut	ココナッツ
夜 yè	市 shì	night market	夜市

ㄞ ai

愛 ài	心 xīn	good heart	ハート
愛 āi	玩 wán	love to play	遊ぶのが好き
哎 āi	呀 yā	oops	あら

ㄟ ei

黑 hēi	色 sè	black	黒い
黑 hēi	白 bái	black & white	白黒
黑 hēi	名 míng	單 dān	black list	ブラックリスト

29

ㄠ ao	鑰 yào	匙 shi	key	鍵
	藥 yào	房 fáng	pharmacy	薬屋
	邀 yāo	請 qǐng	invitation	招待する

ㄡ ou	游 yóu	泳 yǒng	swimming	水泳
	友 yǒu	善 shàn	friendly	フレンドリー
	優 yōu	秀 xiù	excellence	優秀

ㄢ
an

晚	上	evening	夜
wǎn	shàng		
晚	餐	dinner	晚ご飯
wǎn	cān		
完	蛋	screwed	しまった
wán	dàn		

ㄣ
en

感	恩	grateful	感謝
gǎn	ēn		
恩	人	benefactor	恩人
ēn	rén		

ㄤ ang	網 路 wǎng lù	internet	インターネット
	往 前 wǎng qián	forward	前方へ
	忘 記 wàng gì	forgotten	忘れる

ㄥ eng	冷 氣 lěng qì	air-conditioner	エアコン
	登 記 dēng jì	register	登録
	等 待 děng dài	waiting	待つ

ㄦ
er

耳 ěr	機 jī	headphone	イヤホン
兒 ér	子 zi	son	息子
女 nǚ	兒 ér	daughter	娘

一 i/yi	衣 yī	服 fú		cloth	洋服
	醫 yī	生 shēng		doctor	お医者 さん
	椅 yǐ	子 zi		chair	椅子
ㄨ u/wu	房 fáng	屋 wū		house	屋敷
	無 wú	聊 liáo		bored	つまら ない
	五 wǔ	顆 kē	星 xīng	5 stars	五つ星
ㄩ ü/yu	玉 yù	米 mǐ		corn	とうもろ こし
	鮭 guī	魚 yú		salmon	鮭
	愉 yú	快 kuài		pleasant	愉快

游　泳

yó　yǒng　　　yóu　yǒng

網　路

wǎng　lù　　　wǎn　lù

冷　氣

lěn　qì　　　lěng　qì

玉　米

yù　mǐ　　　yiù　mǐ

NOTES

Happy Learning 開心學習 Kāixīn Xuéxí

Exercise
練習題

Zhùyīn Exercise 注音練習

ㄅ ㄅ	ㄗ ㄗ ㄗ	ㄧ ㄧ
ㄆ ㄆ ㄆ	ㄘ ㄘ ㄘ	ㄨ ㄨ ㄨ
ㄇ ㄇ ㄇ	ㄙ ㄙ ㄙ	ㄩ ㄩ ㄩ
ㄈ ㄈ ㄈ	ㄚ ㄚ ㄚ	
ㄉ ㄉ ㄉ	ㄛ ㄛ ㄛ	
ㄊ ㄊ ㄊ	ㄜ ㄜ ㄜ	
ㄋ ㄋ	ㄝ ㄝ ㄝ	
ㄌ ㄌ ㄌ	ㄞ ㄞ ㄞ	
ㄍ ㄍ ㄍ	ㄟ ㄟ	
ㄎ ㄎ ㄎ	ㄠ ㄠ ㄠ	
ㄏ ㄏ ㄏ	ㄡ ㄡ ㄡ	
ㄐ ㄐ ㄐ	ㄢ ㄢ ㄢ	
ㄑ ㄑ	ㄣ ㄣ	
ㄓ ㄓ ㄓ ㄓ	ㄤ ㄤ ㄤ ㄤ	
ㄔ ㄔ ㄔ ㄔ	ㄥ ㄥ	
ㄕ ㄕ ㄕ ㄕ	ㄦ ㄦ ㄦ	

注音符號練習單☺							ㄙ	ㄙ	ㄙ				
ㄅ	ㄅ	ㄅ					一	一	一				
ㄆ	ㄆ	ㄆ					ㄨ	ㄨ	ㄨ				
ㄇ	ㄇ	ㄇ					ㄩ	ㄩ	ㄩ				
ㄈ	ㄈ	ㄈ					ㄚ	ㄚ	ㄚ				
ㄉ	ㄉ	ㄉ					ㄛ	ㄛ	ㄛ				
ㄊ	ㄊ	ㄊ					ㄜ	ㄜ	ㄜ				
ㄋ	ㄋ	ㄋ					ㄝ	ㄝ	ㄝ				
ㄌ	ㄌ	ㄌ					ㄞ	ㄞ	ㄞ				
ㄍ	ㄍ	ㄍ					ㄟ	ㄟ	ㄟ				
ㄎ	ㄎ	ㄎ					ㄠ	ㄠ	ㄠ				
ㄏ	ㄏ	ㄏ					ㄡ	ㄡ	ㄡ				
ㄐ	ㄐ	ㄐ					ㄢ	ㄢ	ㄢ				
ㄑ	ㄑ	ㄑ					ㄣ	ㄣ	ㄣ				
ㄒ	ㄒ	ㄒ					ㄤ	ㄤ	ㄤ				
ㄓ	ㄓ	ㄓ					ㄥ	ㄥ	ㄥ				
ㄔ	ㄔ	ㄔ					ㄦ	ㄦ	ㄦ				
ㄕ	ㄕ	ㄕ					ˊ	ˊ	ˊ				
ㄖ	ㄖ	ㄖ					ˇ	ˇ	ˇ				
ㄗ	ㄗ	ㄗ					ˋ	ˋ	ˋ				
ㄘ	ㄘ	ㄘ					˙	˙	˙				

EXERCISE 練習：請寫出自己名字的注音符號
Please try to write down your Chinese Name with Zhuyin

Here is an example;

wáng   王
dà   大
shān   山

Speaking Exercise 說說看

包 子　bāo zi

_____

_____

_____

_____

_____

Speaking Exercise 說說看

Speaking Exercise 說說看

_____

_____

_____

Congratulations！

恭喜你，順利的完成了注音學習！耶 ✌

You have successfully completed your Zhuyin study! YEAH

おめでとうございます、注音を学び終えました！いぇーい ✌

完成日期 Date of completion：＿＿＿＿＿＿＿＿＿＿＿＿

你的名字 Your Name：＿＿＿＿＿＿＿＿＿＿＿＿＿＿＿

CONGRATS

About the Author 關於作者
Emily H. Chang 愛美麗老師

愛美麗老師生於台灣台北市
- 精通中英雙語
- 擅長編寫「易學速用」的教材，促使學習者學習開心。
- 熱愛：教學、旅遊、音樂、時尚、閱讀、騎腳踏車、游泳、吃喝、放空、大笑 LOL
- 著作：愛美麗注音、愛美麗華語 (I)，愛美麗華語 (II)，及愛美麗華語 345678，尋找靈感中⋯⋯
- 教學資歷 Profession Teaching Experience;
  in: Emily H Chang https://www.linkedin.com/in/emily-h-chang-taipei/

Emily H. Chang was born in Taipei, Taiwan
- Bilingual in Mandarin Chinese and English
- Good at writing on "easy learning quickly using" Mandarin Chinese textbooks in order to support learner happy learning.
- Passions: Teaching, Traveling, Music, Reading, Swimming, Fashion, Eating delicious food, Do nothing, Laughing :)
- Published: LOVEmily Mandarin Chinese(I), LOVEmily Mandarin Chinese(II)

エミリー（Emily H. Chang）先生は台湾の台北で生まれました。
- 中国語と英語の両方に堪能です。
- 得意：「学びやすく、すぐに使える」教科書を書いて、楽しく学んでもらうこと。
- 趣味：教えること、旅行、音楽、読書、ファッション、水泳、サイクリング、食べること、笑うこと。
- 著書：愛美麗注音，愛美麗華語 (I)，愛美麗華語 (II)，愛美麗華語書 345678 のインスピレーションを求めています…。

愛美麗注音
LOVEmily Pronunciation

作　　者	愛美麗
創意設計	愛美麗
插圖出處	Flaticon
日文翻譯	郭柔孜
英文翻譯	Emily H Chang
出版策劃	張詩璇
E m a i l	lovemily.tw@gmail.com
LinkedIn	Emily H Chang
	https://www.linkedin.com/in/emily-h-chang-taipei/
製作銷售	秀威資訊科技股份有限公司
	114 台北市內湖區瑞光路76巷69號2樓
	電話：+886-2-2796-3638
	傳真：+886-2-2796-1377
網路訂購	秀威書店：https://store.showwe.tw
	博客來網路書店：https://www.books.com.tw (English Order)
	三民網路書店：https://www.m.sanmin.com.tw
	讀冊生活：https://www.taaze.tw

定　　價	290元
初版日期	2023年5月
I S B N	978-626-01-1440-4